DAGBOEK VAN EEN POES

REMCO CAMPERT

Alle dagen feest
Als in een droom
Beschreven blad
Campert Compleet (in cassette)
De Harm en Miepje Kurk Story
De jongen met het mes
Dichter
Een ellendige nietsnut
Een geschenk uit de hemel
Een lach en een traan
Een liefde in Parijs
Een mooie jonge vriendin en andere belevenissen
Fabeltjes vertellen
Gouden dagen
Het gangstermeisje
Het leven is vurrukkulluk
Het satijnen hart
Hoe ik mijn verjaardag vierde
Liefdes schijnbewegingen
Na de troonrede
Nacht op de kale dwerg
Ohi, hoho, bang, bang of het lied van de vrijheid
Oom Boos-Kusje en de kinderen
Somberman's actie
Tjeempie! of Liesje in Luiletterland
Tot zoens
Wie doet de koningin

DE BEZIGE BIJ

Remco Campert

Dagboek van een poes

2008
DE BEZIGE BIJ
AMSTERDAM

Eerste druk augustus 2007
Elfde druk april 2008
Omslagontwerp Brigitte Slangen
Omslagfoto voorzijde Deborah Campert
Omslagfoto achterzijde Cleo Campert
Vormgeving binnenwerk Adriaan de Jonge
Druk Clausen & Bosse, Leck
ISBN 978 90 234 2592 2
NUR 301

www.debezigebij.nl

‘A quoi pense l’animal qui pense?’
Champfleury, *Les Chats*. Parijs, 1868

Madonna, Thelonious, Napoleon, Justine, Cleopatra, Vincent, T.S. Eliot, Lolita, Sokrates, Zelda, Beethoven, Fellini, Venus, Malaparte, Kousbroek, Izebel, Adinda...

Zomaar wat namen van katten die ik ontmoette in de tuinen van het woonblok waarin ook het huis staat dat ik met Bril en Rok bewoon.

Stuk voor stuk namen die er wezen mogen, met zorg en liefde uitgezocht door de bij die katten horende tweebenigen.

Wij noemen hem: Multatuli.

Wij noemen haar: Comtesse de Noailles.

Tweebenigen met smaak.

Ik heet Poef. Jawel, u leest het goed. Poef.

Een naam als een spraakgebrek.

Bril en Rok gaven me die naam toen ik nog heel klein was en van toeten noch blazen wist. Nu weet ik beter, maar is het te laat. Ik zit voorgoed opgescheept met een naam die louter onbenulligheid doet vermoeden.

Poef! Een zwaktebod in de naamgeverij.

Zelfs de Terreur van de Tuinen, de rode buurtkater Harry, heeft een sprekender naam.

Overigens luidt de roepnaam van Napoleon Nappie en die van de Comtesse de Noailles Kont. Dat houdt ook niet over.

Maar Poef kan écht niet.

Hondverdikkeme, wat verveel ik me.

Hond mag ik eigenlijk niet zeggen, maar niemand kan me beletten om het te denken.

Hond, Hond, Hond.

Zo, dat lucht op.

Toch kijk ik voor de zekerheid even om me heen, maar Hond laat zich niet zien.

Of heeft hij zich omgetoverd in de vlieg die door de kamer vliegt?

Zulke dingen schijnt Hond te kunnen.

Omdat je maar nooit weet, ga ik niet achter de vlieg aan, al kan ik niet beletten dat kleine mekkerende geluidjes mijn mond ontsnappen.

Het is beter dat ik dit lekkere hapje deze keer aan mij voorbij laat gaan.

In den vreze des Honds beheers ik me.

Een beetje een dooie, slome dag, die ik voornamelijk op Bril zijn bed doorbreng.

Nergens zin in.

Ik was van plan mezelf een flinke wasbeurt te geven, maar, op een achterpoot na en die ook maar half, komt het er gewoon niet van.

Zo af en toe sukkel ik in slaap. Ik droom van piepkleine muisjes, die over het bed heen en weer rennen. Als ik ze probeer te pakken, zijn ze me steeds te snel af.

Buiten pootbereik lachen ze me uit.

Een heel frustrerende droom.

Bril en Rok gingen al vroeg op pad. Ze hadden haast. Er kon nauwelijks een aai af.

Ik deed de zoveelste poging om tegelijk met ze de buitendeur uit te glippen, maar dat mislukte. Rok joeg me terug met een zwaai van haar tas.

In de vier jaar dat ik in het huis van Bril en Rok woon is het me welgeteld één keer gelukt om op straat te komen. De postbode leverde een pakje af aan de deur en Bril lette even niet op. Ik zag mijn kans schoon.

Bril probeerde me nog te pakken, maar ik kon hem ontwijken en schoot onder een auto, die voor het huis geparkeerd stond. Ik ging zitten waar hij nét niet bij me kon.

Om me heen rook het naar grote wereld.

En Bril maar bidden en smeken en ik maar blijven zitten en belangstellend naar hem kijken. Hij was op straat gaan liggen. Dat was wel leuk, zijn wanhopige hoofd onder die auto en zijn arm die naar me graaide, ik zie het nog voor me.

Misschien was het wel een beetje gemeen van me, maar daar dacht ik op dat ogenblik niet aan. Ik zag Bril meer als studieobject.

Het had nog een tijd zo kunnen doorgaan, als

Rok er zich niet mee bemoeid had. Ze verscheen in de deuropening en rammelde indringend met een doos kattenbrokjes.

Bij het horen van dat geluid bezweek ik. Tegen de lokroep van voedsel ben ik niet opgewassen. Ik kwam onder de auto vandaan en snelde het huis weer in.

In het voorbijgaan probeerde Bril me nog een klap te geven om het af te leren, maar hij raakte alleen mijn staart.

Een staart komt vaak van pas. Ik kan er vaasjes met bloemen mee van tafel vegen. Ik kan hem dik maken als iets me niet bevalt. Ik kan hem om mijn lichaam heen slaan als ik rust.

De staart is ook een bron van vreugde. Mocht de lust tot spelen over me komen, dan is er altijd mijn staart om achteraan te zitten. Als een dolle tol ik in de rondte en krijg hem nooit te pakken, maar dat is ook niet de bedoeling. Het is tenslotte geen muis.

Als ik per ongeluk uit het raam val en naar beneden tuimel, bewijst mijn staart me goede diensten. Ik kan er in de lucht mee bijsturen en kom op mijn pootjes terecht.

De staartloze tweebenigen vallen onherroepelijk te pletter.

Bril en Rok zijn niet thuis.

Vanochtend gingen ze in alle vroegte weg en lieten me achter met een schone bak en zo veel eten dat ik het niet in één keer op kon.

Dat betekent dat ze de hele dag wegblijven en ik het huis voor mezelf heb. Dat heb ik meestal toch wel, want het huis is groot en Bril en Rok kunnen niet in alle kamers tegelijk zijn.

Een tijdje zit ik beneden in de vensterbank en kijk naar wat er op straat gebeurt. Staartlozen vegen blaren bij elkaar die van de bomen zijn gevallen. Zo af en toe staan er kinderen stil voor het raam.

‘Kijk, wat een lief poesje,’ zegt een kind en tikt tegen het raam.

Ik trek mijn aanminnigste gezicht en beweeg speels mijn poot naar zijn vinger toe. Glas scheidt ons. Glas kun je niet zien en iedere keer verrast het me dat mijn poot wordt tegengehouden.

Kinderen behoren tot de staartlozen, maar zijn toch anders. Ik heb een zwak voor kinderen. Als er weleens een kind in het huis is, speel ik er altijd heel voorzichtig mee. Ik houd mijn nagels in. En als ze soms uit stoutigheid aan mijn staart trekken, geef ik ze geen haal, maar ga een eindje uit hun buurt.

Ik spring van de vensterbank af en loop naar de tuindeuren toe. Aan de andere kant blijkt de Comtesse de Noailles te zitten, die wil dat ik buiten kom. Rode Harry, de Terreur van de Tuinen, is er niet en de kust is dus veilig. Maar de tuindeuren zijn gesloten en de Comtesse druipt af. Ik kijk haar verlangend na.

Vroeger was er hier een deurtje, waardoor ik naar believen naar buiten en naar binnen kon. Maar dat heeft Bril dichtgetimmerd toen Harry het had ontdekt en na binnenkomst het huis van opwinding had ondergeplast, een bittere geur die nog dagen bleef hangen.

De dag duurt lang. Het huis is leeg. Ik verveel me. Het wordt donker en mijn eten is op.

Een paar keer loop ik het hele huis door om te zien of Bril en Rok misschien toch niet stiekum zijn thuisgekomen.

Ik miauw klagelijk. Niemand hoort me.

Ik scherp mijn nagels aan de zitbank. Dat mag anders nooit, maar nu Bril en Rok er niet zijn moeten ze het zelf maar weten.

Ergens in huis staat een krabpaal die ze voor me kochten toen ik klein was. Ik heb hem nooit gebruikt.

Krabpaal. Alleen het woord al.

Meestal scherp ik mijn nagels aan de gemakkelijke stoel die in Brils werkkamer staat. Bril windt zich daar niet zo mateloos over op als Rok. Hij vindt dat het bij het leven met poezen hoort.

Ik krijg dorst. Zoals altijd staat er een kom met water voor me klaar, maar daar waag ik me niet aan. Water moet bij de bron gedronken worden.

Omdat de keukenkraan niet druppelt, moet ik genoegen nemen met een vaas vol bloemen, die op de tafel in de woonkamer staat. Om bij het water te kunnen komen, dient de vaas omgegooid te worden.

Zo gezegd, zo gedaan.

Laat op de avond – ik lig op de trap te wachten – hoor ik het gemorrel van de sleutel in de deur. De deur gaat open en Bril en Rok komen zwijgend binnen. Ik begroet ze enthousiast, met opgestoken staart.

Ze zijn in een slecht humeur.

'Geen zin, Poef,' zegt Bril als ik hem een kopje wil geven.

Even later hoor ik boven in de woonkamer getier dat uit Roks mond komt.

'K.tk.t!' roept ze.

Ze heeft de omgevallen vaas ontdekt, de bloemen in een plas water op de tafel.

Ik maak me onzichtbaar onder een kast.

Het was geen dag uit duizenden.

Soms kan Bril behoorlijk slijmerig zijn. Volgens mij wil hij dan aandacht.

Ik ben bezig met mijn eigen zaken, zoals bijvoorbeeld het wassen van mijn gezicht met een bevochtigde voorpoot, en bij die aanblik komt het plotseling over hem.

'Lief poefje,' zegt hij dan. 'Is het zo'n lief poefje?'

Onzinnige vraag natuurlijk.

'Zo'n lieve poefemans van baasje,' dringt hij aan.

Ik houd op met wassen en kijk hem verstoord aan. Laat me met rust. Ziet hij niet dat ik bezig ben?

Maar Bril gaat door, helemaal gevangen in zijn eigen stemgeluid.

'Lief poefie van bafie, issie dat dan?'

Ik ben niet van bafie, ik ben van mezelf.

Het beroerde is echter dat iets in me niet bestand is tegen de suikerzoete toon waarop hij zijn vleierijen uitspreekt.

Ondanks mezelf bezwijk ik voor zijn woorden, ga op mijn rug liggen en rol heen en weer in totale overgave. Ik schaam me, maar het is sterker dan ik.

Dan begaat hij de fout mijn onbeschermde buik te strelen. Ik geef hem een haal en zoek een goed heenkomen. Met bebloede hand blijft Bril achter.

Was sich liebt, das neckt sich.

Op een dag, alweer een paar jaar geleden, kwam Bril thuis met een Draagbare Woning.

Hij zette hem neer in de gang.

'Die is voor jou, Poef,' zei hij.

Dat de DW niet voor hem was leek me logisch, want hij reikte nog niet tot Brils knie.

'Je eigen huis,' vervolgde Bril. 'Voor als je naar de dokter moet of als we je in de auto meenemen naar Fransenland.'

Het zei me weinig. Ik was alleen maar bij de dokter geweest toen ik heel klein was en daar had ik geen herinnering aan. En naar Fransenland hebben Bril en Rok me nog nooit meegenomen, bang als ze zijn dat ik daar weg zal lopen. Als ze naar Fransenland gaan, komt er iemand in huis om voor mijn natje en mijn droogje te zorgen.

Ik ging over tot inspectie van de buitenkant van de DW.

Het is zo dat elk binnengebracht nieuw voorwerp door mij besnuffeld dient te worden, teneinde mijn goedkeuring te verkrijgen.

De lucht was neutraal – geen vis en geen vlees. Alleen het hengsel dat op het dak van de DW was aangebracht rook naar Bril. Dat schiep vertrouwen.

Er zaten geen ramen in de DW, maar de voorkant werd voor het grootste gedeelte in beslag genomen door een deur, die uit tralies bestond. Bril maakte de deur open en ik glipte naar binnen voor verder onderzoek.

Ik houd van beperkte ruimtes en de DW beviel me wel. Na nog wat rondgesnuffeld te hebben ging ik liggen, met het doel de DW te testen op ligbaarheid. De DW doorstond de proef tot mijn volle tevredenheid.

Bril sloot het deurtje en stak zijn vinger tussen de tralies door. Ik likte eraan om van mijn welgemoedheid te getuigen.

Daarna tilde Bril de DW op en droeg me rond in de gang. Dat overviel me een beetje en ik liet wat kleine protestgeluiden horen, waarop Bril het deurtje weer opende en me eruit liet. Ik gaf hem een kopje om hem te laten merken dat er, wat mij betreft, niets ernstigs was gebeurd.

Bril bracht de DW naar de kelder en, eenmaal uit het gezicht, vergat ik hem.

Sinds een paar maanden heeft Rok de gewoonte aangenomen om me naar haar toe te *fluiten*. Haar fluitgeluid is zo onontkoombaar dat ik meestal gehoorzaam kom aangelopen.

Niet altijd natuurlijk, want ik ben van mening dat de staartlozen nooit in de illusie mogen leven dat ik op kom draven, iedere keer als zij dat wensen.

Hun onzekerheid over mijn doen en laten vormt de basis van mijn onafhankelijkheid.

In navolging van Rok probeert Bril het ook, maar zijn fluitje klinkt zwak en weinig overtuigend.

Het kost me niet veel moeite om er geen aandacht aan te besteden. Toch laat Bril niet af in zijn pogingen.

Een en ander doet bij mij de gedachte rijzen dat Bril niet tot de slimsten behoort, als het om mij gaat. Een soort van apenliefde verhindert blijkbaar dat hij een heldere visie ontwikkelt op de grillige gegevenheden van mijn leven.

Puur uit medelijden ben ik een keer ingegaan op

Brils machteloos gefluit. Ik verwaardigde me te voorschijn te komen en ging zelfs zover een aanhankelijk kopje te geven tegen zijn broekspijp.

Hij glom van trots en blijdschap.

'Zie je wel,' zei hij tegen Rok.

Sukkel.

Voor de goede orde: ik kan ook niet fluiten. Wel blazen, eigenlijk net als Bril, als hij probeert te fluiten.

Als een schicht schiet ik door de gang, rakelings langs de benen van Rok, die zich een hoedje schrikt. Ze roept me een scheldwoord na dat ik hier niet zal herhalen, maar het telt twee lettergrepen, die beide met een k beginnen.

Ik heb geen tijd om erbij stil te staan. Door een onbekende kracht bezeten moet ik verder.

Met opgezet haar bolder ik de trap af, glijd beneden uit op het marmer van de hal, ren de trap weer op, en stuif de woonkamer in, waar ik me een weg omhoog klauw de gordijnen in. Daar laat ik me halverwege weer uit vallen en ik begin een hindernisrace via stoelleuningen, zitbankruggen en bijzettafeltjes. Achter me klinkt het geluid van vallende voorwerpen.

Dan heb ik opeens genoeg van mijn geren en gedraaf en plof neer onder de piano. Nog net voor ik in slaap val hoor ik de stemmen van Rok en Bril.

'Ze heeft de kolder in haar kop,' zegt Rok.

'Het gaat stormen,' zegt Bril. 'Dat voelen die dieren aan.'

Bril denkt dat ik een barometer ben.

Ik weet niet wat me op zulke momenten bezielt. Is het een hogere macht (Hond) of een lagere (de Antihond)? In elk geval is het groter dan ik. Mijn hart bonkt, mijn geest is leeg, ik ben een en al spier en snelheid.

Tot een van de regelmatig terugkerende verschijningen in het grote huis dat ik met Rok en Bril bewoon behoort Werker.

Werker is een tweebenige die het huis schoonhoudt.

'Wat zouden wij zonder Werker moeten?' verzuchten Rok en Bril vaak. Over mij heb ik ze dat nog nooit horen zeggen, maar misschien doen ze dat als ik er niet bij ben. Laat ik het daar maar op houden.

Werker is altijd vriendelijk, al hoef ik voor eten niet bij hem aan te komen. Daar gaat hij niet over.

Als hij in het huis bezig is met schrobben, dweilen, poetsen en stof afnemen, kijk ik belangstellend toe. Zijn aanwezigheid is een verzetje, want het kan soms flink saai zijn in huis. Bril en Rok zijn voornamelijk met zichzelf bezig.

Er is één ding waar ik een grondige hekel aan heb en dat is het ding dat ik Dreigend Ding noem. Als Werker dat te voorschijn haalt uit zijn donkere bergplaats onder de trap, zoek ik een goed heenkomen. Ik vertoon me pas weer als het monster veilig achter slot en grendel zit.

Dreigend Ding maakt een brullend geluid en heeft een lelijke lange slurf waarmee het alles opslokt dat het ongeluk heeft op zijn weg te komen, zoals bijvoorbeeld de haren die hebben losgelaten uit mijn dikke pelsjas, maar ook alle andere zaken die klein en nietswaardig zijn: kruimels, vliegenlijkjes, binnengelopen boomblaadjes en modder, haarspelden en paperclips.

In de handen van de anders zo vriendelijke Werker is Dreigend Ding een meedogenloos wapen, waarvoor ik me maar beter bergen kan.

Hoewel ik mezelf niet beschouw als klein en nietswaardig zou het me toch niet verbazen als het monster ook mij zou opslokken als het de kans kreeg.

Een keer sloot Werker (per ongeluk, zei hij later) mij samen met Dreigend Ding op in zijn bergplaats. Ondanks het feit dat hij zich koest hield stond ik doodsangsten uit. Wat zou er met mij gebeuren als Dreigend Ding het plotseling op zijn heupen kreeg? Hond mag het weten.

Dreigend Ding verspreidt ook een onaangename lucht van rubber en stokoude stof.

Een moeilijke nacht achter de rug. Pijn in mijn buik en ik moest steeds op de bak waar ik hol miauwend mijn gevoeg deed. Ook veel gebraakt.

Slapjes lig ik op Brils bed en hoor Bril en Rok op bezorgde toon over me praten. Ze komen tot de conclusie dat ik 'iets verkeerds' heb gegeten.

In mijn zwakke staat denk ik over de betekenis van die woorden na. Iets verkeerds? Hoe zou dat eruitzien? Ik sukkel in slaap en droom van een etensbak, gevuld met een niet te definiëren rottende smurrie.

Als ik kokhalzend wakker word, staat Bril voor het bed met de Draagbare Woning in zijn hand.

'We gaan naar de dierendokter, Poef,' zegt hij.

Willoos laat ik me de DW inloodsen. Bril sluit het traliedeurtje achter me. Ik kan geen kant uit maar heb daar ook geen behoefte aan. Ook in het kattenleven zijn er momenten dat je alles over je heen laat komen.

Even later schommel ik in de DW over straat.

Bril klaagt over mijn gewicht.

Hoe vaak verlang ik er niet naar om buiten op straat te zijn en te ruiken aan het avontuur van de vrijheid. En nu ben ik een keer op straat en kan ik er niet van genieten.

Betreurenswaardig.

In de wachtkamer van de dierendokter overheerst de lucht van andere poezen. Ik word er licht zenuwachtig van, maar mijn grootste schrik komt als er voor het deurtje van mijn DW plotseling een grote, kwijlende, opgewonden snuivende hondensnuit verschijnt.

Ik verzamel al mijn krachten en grom en grauw waarschuwend.

Hond druipt af.

''t Komt allemaal goed, poefie,' klinkt Brils vertrouwde stem.

Ik laat een zwak miauwtje horen.

En even later nog meer als ik voor de dierendokter op tafel lig en hij me hier en daar in mijn buik knijpt. Daar ben ik gewoonlijk niet van gediend, maar ik ben te slap om eens flink van me af te krabben.

Mijn flauwe poging tot verzet is gebroken als hij me daarna een gemene prik geeft en mijn mond openspert en er een pil in duwt.

Zelden ben ik zo ruw behandeld, maar volgens Bril, die tijdens al die handelingen continu mijn hoofd streelt, is het goed voor me.

En dan heb je het maar te accepteren.

Je hebt de dagen dat Rok vroeg de deur uitgaat en de dagen dat Rok thuisblijft. Op de dagen dat Rok vroeg de deur uitgaat, gaat ze naar haar werk. Het merendeel van de dagen gaat ze vroeg de deur uit.

Wat Roks werk is weet ik niet. Ik houd het erop dat het bestaat uit de buitendeur opendoen en hem daarna achter zich sluiten.

Het is heel goed mogelijk dat Rok de hele dag achter die deur blijft staan.

Meestal lig ik bij Bril op bed als Rok naar haar werk gaat. Het heeft geen zin om Rok zo vroeg in de ochtend lastig te vallen. Ze heeft dan haast en kan er niet goed tegen dat ik haar voor de voeten loop.

Bril heeft zijn werk binnenshuis.

Als Rok het huis verlaten heeft, draait Bril zich nog eens om. Ik lig tegen het onderste gedeelte van zijn rug aan en draai met hem mee.

Bril is in diepe rust, maar mij lukt het niet echt meer om in slaap te vallen. Ik doe er wel mijn best voor. Ik knijp mijn ogen dicht en probeer aan *niets* te denken: spinnenwebben zonder spin, luchten zonder vogels, gaten waaruit geen muis te voorschijn komt.

Tevergeefs. Ik word steeds wakkerder.

Ik heb honger.

Ten slotte houd ik het niet meer. Ik ga van het bed af en spoed me naar mijn etensbakje. Je weet nooit. Maar dat heb ik natuurlijk gisteren al leeggegeten.

Als ik terugkom ligt Bril nog te maffen. En op het gebied van voedsel ligt mijn heil bij Bril, maar die maakt geen aanstalten om op te staan.

Het wordt tijd voor krachtige maatregelen. Bril moet niet denken dat hij door kan slapen, terwijl er in zijn buurt een huisgenoot van de honger vergaat.

Ik spring op het tafeltje naast het bed, zet me af en beland met mijn volle gewicht op het lichaam van de slapende Bril.

Daarbij geef ik een dringende miauw af.

Vaak reageert hij niet meteen en houdt zich slapende, in de hoop dat ik hem verder met rust zal laten, maar dan herhaal ik de actie, net zolang tot hij onder de dekens vandaan komt en zich, zuchtend en mopperend, van zijn taak als voedselverschaffer kwijt.

Ik ben Brils levende wekker. Als hij mij niet had, zou hij misschien wel altijd in bed blijven liggen.

Maar zo zijn we niet getrouwd.

Bij het opstaan vanochtend was Bril in een slecht humeur. Toen ik me tijdens de voedseluitdeling uit dankbaarheid langs zijn benen schurkte, duwde hij me met zijn voet ruw opzij. Hij gaf me nog net geen trap.

Ik trok me terug in een hoek van de kamer en sloeg hem vanaf veilige afstand gade. Pas toen hij uit de buurt van mijn etensbakje was durfde ik mijn ontbijt tot me te nemen. Daarna waste ik me.

Toen dat gebeurd was ging ik weer eens kijken waar Bril uithing. Hij had zich intussen aangekleed en zat in zijn werkkamer achter zijn werkmachine.

Ik was vergeten dat hij in een boze bui was en sprong op de tafel om me gezellig op de papieren te nestelen die naast zijn werkmachine lagen.

Toen kreeg ik me toch een klap!

Later op de dag zocht hij toenadering, maar daarvoor was *ik* toevallig nu eens niet in de stemming. Toen hij zijn hand uitstak om me over mijn hoofd te aaien, deed ik alsof ik schrok en trok me quasi bang terug onder een bank. Hij maakte lieve geluiden, maar ik liet me niet verleiden. Pas tegen het avondeten stond ik hem toe zich met mij te verzoenen.

Bril is aandoenlijk als hij spijt heeft.

Ik kom niet zo vaak in de tuin als ik wel zou willen. Dat komt door Rode Harry, de buurtkater en Terreur van de Tuinen, die ik vrees. Het is een onbehouwen heerschap, die geen andere katten in zijn wijk verduurt.

Maar een enkele keer, waarvan ik altijd hoop dat het voorgoed is, blijft hij binnen in zijn eigen huis en bloeit het poezenleven in de achtertuinen op.

Ik zoek dan het gezelschap op van mijn goede vriendin de Comtesse de Noailles. Onder een hortensiastruik of op een tuintafel, lekker bakkend in de zon (indien aanwezig!), geven we ons over aan mijmerijen.

We denken aan vlinders, maar meestal aan niets.

Aan vlinders denken maakt onrustig. Ik prefereer het om aan niets te denken, wat nog een hele kunst op zichzelf is. Je moet jezelf er niet toe dwingen, want dan lukt het niet. Je moet je eraan overgeven, zonder iets te wensen.

We zeggen niet veel tegen elkaar.

Het is voldoende om in elkaars gezelschap te zijn.

De Comtesse heeft altijd mooie lintjes om, roze of paars. Met een belletje eraan.

Ik zou dat niet om mijn hals kunnen verdragen.

Een keer probeerde Rok mij ook zo'n lintje om te doen. In plaats van een belletje hing er een kokertje aan en in dat kokertje had ze een papiertje gestopt, waarop ze had geschreven hoe ik heette, waar ik woonde en ook nog mijn telefoonnummer. Dat was voor het geval ik weg zou raken.

'Het is voor je eigen bestwil, Poef,' zei Rok toen ik me verzette tegen deze belemmering van mijn vrijheid. Ik verweerde me steeds heftiger en ten slotte gaf Rok haar pogingen op.

De Comtesse de Noailles heeft geen last van haar halsversiering. Ze trekt zich er niets van aan.

Een zekere ijdelheid kan haar natuurlijk niet ontzegd worden. IJdelheid die een gevoelige slag wordt toegebracht als ze aan het einde van de in elkaars gezelschap doorgebrachte uren naar binnen wordt geroepen.

'Kont, Kont, Kont.'

Dan maken die kwikjes en strikjes opeens een belachelijke indruk.

Al enige dagen is er elke avond sprake van naar Fransenland te gaan en mij dan mee te nemen.

De grote angst van Bril en Rok is dat ik in dat land weg zal lopen en nooit meer terug zal keren. Daarom is het er tot nu toe niet van gekomen.

In hun zwartste dromen stellen ze zich voor hoe ik bang en eenzaam en op den duur sterk vermagerd door het onbekende land zal dwalen, het spoor terug steeds meer bijster rakend.

Ze meten de gevaren waaraan ik tijdens mijn zwerftocht bloot zal staan breed uit.

Ik zou bij het oversteken van een weg onder een allesverbrijzelende landbouwmachine kunnen komen.

Boerenpummels, in hun zucht naar goedkoop vermaak, kunnen me doodknuppelen.

Ondanks het verbod erop, zou ik eten van over velden uitgestrooid gif en een helse dood sterven.

Verwilderde honden verscheuren me.

Hongerige uit het Vreemdelingenlegioen gedeserteerde soldaten roosteren me boven een vuurtje. Mijn pelsjas wordt op een markt verkocht voor een klein bedrag waarvan ze zich goedkope rode wijn aanschaffen. Mijn afgekloven botten laten ze slingeren in het bos.

'Misschien moeten we een tuigje voor Poef kopen,' zegt Rok, 'dan kan ze mee uit wandelen gaan en loopt ze niet weg.'

Bril kijkt bedenkelijk.

'Dat wil ze nooit,' zegt hij, 'daar hadden we haar aan moeten wennen toen ze nog klein was. Nu is ze er te oud voor.'

Bril kent mij goed.

Hij komt te voorschijn met een foto waarop hij zelf staat afgebeeld, als wankel op de been staande peuter met een tuigje aan.

'Als ik dat niet droeg, viel en liep ik alle kanten uit,' zegt hij geamuseerd.

'Dat doe je nog,' zegt Rok.

Bril kijkt beledigd.

Ik ruik aan de foto – oude lucht.

Hoe het ook mag zijn: geen tuigje, verordonneert Bril, niet voor mij en niet voor hem.

Onlangs was er een staartloze over de vloer, die niet bepaald poesvriendelijk was.

Die bestaan. Ze ruiken vaak naar hond. Als ik die penetrante geur opsnuif, weet ik wel hoe laat het is en doe ik geen poging tot toenadering.

Maar er zijn ook poesonvriendelijken aan wie je hun afkeer niet meteen afruikt.

Ze ruiken neutraal naar de doorsnee-tweebenige (zoals Bril en Rok).

Erg lekker is dat ook niet, maar alles went.

De tweebenige van wie hier sprake is, was van het soort waartoe ook Rok behoort, al droeg ze een broek. Toen ik bij wijze van welkomstgroet langs haar benen schurkte, duwde ze me uiterst ruw opzij met haar gelaarsde voet.

'Hu!' riep ze uit. 'Ga weg.'

Ze excuseerde zich bij Rok (niet bij mij!) en zei te griezelen van katten. Hun aanwezigheid bezorgde haar behalve de griezels ook hoestbuien en koortsaanvallen.

Ik trok me terug onder een stoel verderop in de kamer en staarde haar vanaf die positie een tijdje strak aan.

Daar willen zulke types weleens zenuwachtig van worden.

Maar ten slotte kreeg Rok me in de gaten en ze zette me buiten de kamer, wat ik haar niet in dank afnam. Waarom koos ze mijn partij niet?

Als het erop aankomt kiezen tweebenigen altijd voor hun eigen soort.

Gelukkig hoefde ik niet de rest van de dag wrokkig rond te lopen, wat niet goed is voor het gestel.

Toen ik beneden in de gang kwam bleek de jas van de poesonvriendelijke van de kapstok te zijn gevallen. Ik aarzelde geen seconde en deed er een klein plasje in.

Bedankt, kapstok!

Grote onrust in huis. Het gevoel dat het voortdurend waait in de kamers en gangen en dat veilige plekken bedreigd zijn.

Ik houd me maar een beetje afzijdig, wat eigenlijk tegen mijn aard is. Bril en Rok hebben weinig tijd voor me. Mijn verwoede pogingen om hun aandacht te krijgen heb ik maar even opgegeven.

Er is iets op til.

Het begon gisteren, toen de staartloze huisgenoten koffers van alle soorten en maten uit de kelder te voorschijn haalden.

Daarna ontstond er opschudding toen Rok iets niet kon vinden dat ze haar 'paspoort' noemde.

Intussen probeerde ik, als de tweebenigen niet in de buurt waren, de koffers uit. In de ene koffer zat het lekkerder dan in de andere. Ze roken naar van alles en nog wat en ik voegde er mijn luchtje aan toe.

In de loop van de dag vulden de koffers zich met kleren, sokken, handdoeken en lakens. Verleidelijke stoffen, waar ik op en onder wilde liggen, maar dat werd niet toegestaan.

Ik trok me terug op de vensterbank en keek naar buiten, waar de tuin groen was. Vogels scheerden buiten mijn bereik plagerig langs het raam.

Laat op de avond pakte Bril ook nog zijn werkmachine in en zette die met de koffers in de hal bij de buitendeur. En Rok sjouwde een zak vol schoenen naar beneden.

Toen werd het rustig in huis.

Nu is het ochtend en ik ben al uren zoek.

Ik heb me verscholen in de wasmand en reageer niet op het steeds radelozer klinkende roepen van Bril en Rok. Tot deze vijandige maatregel ben ik overgegaan toen ik in alle vroegte op weg naar mijn bak de Draagbare Woning in de gang klaar zag staan.

Hond, sta me bij.

De plotselinge verschijning van de DW kan maar één ding betekenen: een bezoek aan de dokter. En daar pas ik voor. Te onaangenaam. Geen zin om weer een spuit in mijn lijf geplant te krijgen of een pil in mijn mond gewrongen.

Ik ben niet eens ziek.

Ik voel het heus zelf wel als ik ziek ben. Dat hoeven Bril en Rok niet voor mij te beslissen.

'Poefie, Poefie!'

Lokkende, smekende geluiden.

'Kom dan, Poef, we gaan naar Fransenland.'

Daar trap ik niet in.

Me veilig wanend val ik in slaap in de wasmand. En dat had ik niet moeten doen, want ik word gewekt door de ijzeren greep van Roks hand in mijn nekvel.

'Daar heb ik je,' roept ze triomfantelijk en even later zit ik gevangen in de DW.

In Fransenland is er veel werk aan de winkel voor een poes.

Dat rook ik al meteen toen ik, vrijgelaten uit de Draagbare Woning waarin ik lange tijd opgesloten had gezeten, mijn eerste stappen zette in het huis dat Bril en Rok tijdelijk betrokken hebben.

Ik snoof een opwindend allegaartje van geuren op, verspreid door veelsoortig gedierte.

Op zolder hoorde ik de muizen dansen.

Mijn jachtinstinct is tot het uiterste geprikkeld.

Er wacht mij een gigantische taak.

Niet alleen mij, ook Rok, die het hele huis van onder tot boven wil schoonmaken.

Dit voornemen heeft al tot verheffing van stemmen tussen Bril en Rok geleid, nadat Bril aankondigde hier niet aan te zullen meewerken.

Hij verklaarde dat hij 'met vakantie' was en niet was gekomen om de hele dag te soppen, dweilen en vegen. Hij ligt voornamelijk demonstratief te luieren in de tuin, in de schaduw van een van de vele bomen die daar staan en die rijkelijk zijn voorzien van verleidelijke vogels. Tot nu toe zijn ze erin geslaagd om buiten mijn bereik te blijven.

De tuin is, wat prooien betreft, een hoofdstuk apart. Ik heb er, zo mogelijk, nog meer werk aan dan aan het huis. Vogels, vlinders, bijen, veldmuizen, torretjes en sprinkhanen – het wemelt ervan.

En, Hond zij geprezen, er lopen geen Rode Harry's rond. Ik kan me vrij bewegen, zonder door vrees bevangen te worden. Hier ben *ik* de Terreur van de Tuinen.

Ik heb een werkprogramma opgesteld. Dat luidt als volgt:

1. 's Nachts maak ik jacht op muizen en wat zich verder voordoet in het huis.

2. Overdag concentreer ik me op de tuin. Ik beloer en bespring alles dat ritselt en fladdert, piept en tsjilpt.

Tussen de bedrijven door knap ik een uiltje of doe een hazenslaapje.

Vanochtend was Rok al voor dag en dauw op om de ramen te lappen. Bril sliep nog. Bij wijze van verrassing had ik een tijdens de nacht gevangen muis op zijn hoofdkussen gelegd.

In afwachting van het moment dat ik naar buiten mocht hielp ik Rok bij het kuisen van de ramen. Ik verschalkte wat venstermugjes en een vette bromvlieg die zich in de vitrage verscholen hield.

In de tuin in Fransenland – een grote lap grond, veel groter dan die van het huis in de stad – kreeg ik vanmiddag een vogel te pakken, die even was neergestreken om uit te rusten van al dat gevlieg.

Ik sleepte hem mee naar mijn favoriete plek onder een grote struik waar het koel en donker is. Na me een tijdje met hem vermaakt te hebben, bracht ik hem naar de keuken waar Rok aardappels zat te schillen. Ik legde hem aan haar voeten neer.

Rok stelde mijn gebaar niet op prijs.

'Arme vogel,' zei ze. En: 'Stoute Poef.'

Beledigd ging ik weer de tuin in.

Ik bedoelde het alleen maar aardig.

Tweebenigen tonen soms weinig begrip voor wat er in een poes omgaat.

Later op de dag, toen de avond viel en ik naar binnen werd geroepen, maakte ik kennis met een mij tot dan toe onbekend soort muis.

De vleermuis. Dat is een muis die kan vliegen.

Hij vloog vanonder het dak van de schuur die naast het huis staat, in het schemerduister naar een naburige boom. In de lucht hapte hij naar onweersvliegjes en avondmotjes.

Hij lijkt meer op een klein soort hond dan op een muis en ik ben een beetje bang voor hem. Een vliegende hond... daar ga ik liever niet van dromen. Er zijn grenzen aan wat een poes kan verdragen.

Soms hoor ik honden blaffen. Altijd ergens in het landschap, op verre, veilige afstand.

Vroeger schijnt hier een hond geleefd te hebben. Zijn woning leunt tegen de schuur, van bakstenen gemetseld, half ingevallen, door klimop, waarin spinnenwebben geweven, overwoekerd. In de cementen vloer is een roestige ring bevestigd, waaraan nog een deel van de korte ketting die de hond op zijn plaats hield. Hij mocht wel blaffen, maar niet bijten.

Dit lijkt me de juiste manier om met honden om

te gaan. Met losse honden ben je als poes je leven nooit zeker. Ze schijnen het niet altijd kwaad te bedoelen, maar ze zijn zo dom dat ze hun eigen kracht niet kennen.

Voorzichtig sluip ik de verlaten bouwval in. Het ruikt er naar hond van lang geleden.

Voor alle zekerheid sproei ik er wat van mijn plas.

Ik heb een paar uur doorgebracht voor de deur van de voorraadkast in de keuken. Ik meende er verdacht geritsel en gescharrel te horen. Na een poosje hield het op. Misschien zie ik spoken en hoor ik in alles een muis.

Verder is het huis wel zo ongeveer muizenvrij. Ik kan 's nachts wat langer slapen.

Soms denk ik aan de Comtesse. Zou het haar hier bevallen of is ze toch te nuffig voor het plattelandsleven?

Ik dacht altijd een binnenkat te zijn, maar in

Fransenland heb ik de buitenkat in mezelf ontdekt.

Gisteren in een boom geklommen en een tijd op een tak gezeten. Bril moest me eruit halen, want toen puntje bij paaltje kwam durfde ik niet naar beneden.

Lang met een rups gespeeld.

De dagen vloeien in elkaar over onder een blauwe hemel en een brandende zon.

Een waterjuffer vloog laag over het gras. Ik was te lui om erachteraan te gaan.

Zojuist heeft Bril de Draagbare Woning in de gang neergezet. Ik leid eruit af dat we hier de langste tijd gezeten hebben. Zo gaat alles voorbij, zonder dat je het merkt. Ik troost me met de gedachte dat ik negen levens heb.

Als Bril en Rok laat in de avond de tuin in gaan om naar de sterren te kijken, slip ik mee naar buiten. Ik maak een laatste wandeling door de tuin. Ik peuzel een nachtvlindertje op. Onder het gras hoor ik de mollen graven.

Hoog in de lucht verschiet een ster, een snelle beweging die me niet ontgaat, maar ik kan er niet bij.

De warmte van de dag hangt nog in de tuin.

Het liefst zou ik de nacht in de openlucht doorbrengen onder mijn favoriete struik, maar Bril en Rok, bang voor mijn voorgoed verdwijnen, zijn daar niet voor, en roepen mij dwingend. Voor één keer strijk ik de poot over het hart en geef gevolg aan hun Poef-geroep dat allengs smekender wordt.

Brils ongebruikte werkmachine staat naast de Draagbare Woning, klaar voor vervoer terug naar onze woning in de stad.

'De vakantie is voorbij,' zegt Bril terwijl hij mij aait. 'Er moet weer gewerkt worden.'

Wat is dat eigenlijk: werk?

Rok verlaat 's ochtends het huis en gaat dan naar haar werk. En als Bril achter zijn werkmachine zit is hij aan het werk. Ik mag dan niet op tafel springen en hem voor de vingers lopen.

Werk is iets waarvoor je de deur uitgaat of waarvoor je juist binnen blijft.

Die gedachte brengt me niet veel verder.

Een tijdje dacht ik dat werk alleen in het leven van staartlozen voorkwam en dat het een van de vele dingen was waardoor ze zich van mij onderscheidden.

Maar sinds ik in Fransenland een ezel een kar zag voorttrekken, weet ik beter.

Die ezel werd een werkezel genoemd.

Een keer kwam Rok thuis van haar werk en zei dat ze zich zo voelde: een werkezel. Waaruit ik nu afleid dat Roks werk bestaat uit het buitenshuis trekken van een kar.

Brils werk bestaat uit het zitten achter zijn werkmachine. Ik stel vast dat werk van alles kan zijn en dat je het overal kunt doen.

Ik vraag me af of ik ook iets doe dat onder de noemer werk zou kunnen vallen.

Soms zit Bril achter zijn werkmachine zomaar wat voor zich uit te staren. Je zou zeggen dat hij dan geen werk doet, maar Bril zegt dat je dat anders moet zien: hij doet dan denkwerk.

Ik zit ook weleens voor me uit te staren. Ik weet niet of dat bij mij een vorm van werk is. Het heeft meer weg van suffen.

Het duurt ook nooit lang. Of ik val in slaap of ik zie iets dat mijn aandacht trekt, een vliegje, een blad dat van de boom in de tuin dwarrelt.

Als suffen werk is, dan ben ik geen harde werker. Als daarentegen slapen werk is, maak ik overuren.

De meeste tweebenigen die in het huis waarin ik met Bril en Rok woon over de vloer komen bezitten geen staart.

Ik zeg 'de meeste', want ik heb er weleens een gezien die wel een staart had. Die staart zat vast aan zijn hoofd en dat is een rare plek voor een staart. Hond (zijn naam zij gezegend) ging in dit geval slordig te werk bij het bevestigen van het aanhangsel.

Rok zei dat ze het 'geen gezicht' vond en drong aan op afknipping. Tweebenigen kunnen erg wreed zijn. Mij zouden ze het niet moeten lappen.

De viervoeters die tot nu toe mijn levenspad gekruist hebben, kunnen bogen op een staart. In Fransenland ontmoette ik ezel, koe en paard, alle stuk voor stuk voorzien van het behaarde verlengstuk, net als bij mij aan het einde van de rug geplaatst. De slang die ik er door het gras zag kronkelen, was zelfs enkel staart.

Ook Hond, die mij een paar keer verschenen is en mij dan grote angst inboezemt, heeft een staart. Wat dat betreft ben ik naar Zijn beeld geschapen.

Ik kan me niet voorstellen hoe het is om te leven zonder staart. Het is zo kaal zonder staart. En dan heb ik het nog niet eens over de handigheid ervan.

Soms kijken tweebenigen treurig voor zich uit. Ik denk dat ze dan hun staart missen. Ze voelen dat er bij hen iets ontbreekt vanachter.

Ik ben geen op-schoot-ligger. Ik heb er geen geduld voor. Op een schoot valt weinig te beleven. Bovendien word je er vadsig van en ik lig al zoveel.

Toen ik nog klein was en voor het eerst bij de dokter kwam zei die, nadat hij hier en daar wat in me had geknepen, dat ik aanleg voor vetzucht had.

Ik wist niet of ik me beledigd moest voelen, maar in die tijd wist ik sowieso niet zoveel.

Bril, die me vergezelde bij het doktersbezoek, vertelde het, toen we weer thuisgekomen waren, aan Rok: 'Poef heeft aanleg voor vetzucht.'

Ze deden er een beetje lacherig over. Ik had de indruk dat het ze niet veel kon schelen. Ze zagen het wel voor zich: een gezellige, dikke poes die graag op schoten ligt.

Ik hoor er Bril en Rok weleens met weemoed over spreken. Maar ik denk niet dat ze het lang zouden volhouden, mijn gewicht op hun schoot. En ze onderschatten hun eigen ongedurigheid.

Ik weeg nu zevenenhalve kilo, pelsjas meegerekend. Zonder jas zou het minder zijn, maar ja, die zit nu eenmaal aan mij vast.

Dat ik niet graag op een schoot lig, komt overigens niet voort uit het feit dat ik de tweebenigen met wie ik het leven deel mijn gewicht wil besparen.

Behalve dat ik er geen geduld voor heb, vind ik het ook niet echt lekker liggen op een schoot. Je hangt er altijd een beetje overheen. In mijn directe omgeving ken ik tenminste geen schoot die breed genoeg is om mij in mijn geheel ruimte te bieden.

Er schijnen schoothondjes te bestaan, van schootpoesjes heb ik nog nooit gehoord.

Ik geloof dat ik het onderwerp nu wel uitputtend genoeg heb behandeld.

Bril zit achter zijn werktafel in een dik boek te bladeren. Dan blijft hij op een bladzij steken en zegt: 'Weet je wat jij bent, Poef?'

Zijn stem klinkt lief, zoals doorgaans als hij tegen me spreekt.

Ik ben daar niet goed tegen bestand, spring op tafel om dichter in zijn nabijheid te zijn en vlij me naast zijn werkmachine neer, wat gewoonlijk streng verboden is.

Bril aait me over mijn neus en zegt: 'Jij bent een viervoetig klein huisdier...'

Dat klinkt aangenaam en ik geef zijn hand dankbaar een kopje.

Maar hij is nog niet klaar.

'Een viervoetig klein huisdier uit de familie der katachtigen van de orde der roofdieren,' vervolgt Bril. Zijn toon is plechtig geworden, een beetje alsof hij een geleerde is.

De familie der katachtigen, de orde der roofdieren. Dikke woorden, die mijn bevattingsvermogen enigszins te boven gaan. Ik herken mezelf er niet helemaal in.

Maar het staat in een boek, dus zal het wel waar zijn.

Bril klapt het boek dicht, verzoekt me met een duw de tafel te verlaten en gaat in de weer met zijn werkmachine. De aanwezigheid van het viervoetige kleine huisdier is niet langer gewenst.

Van tijd tot tijd brengt de postbode een doos voor Bril. Die brengt hij dan naar boven en terwijl ik belangstellend toekijk, pakt hij hem in zijn werkkamer uit.

Meestal komen er boeken uit de doos.

Die hebben niet mijn interesse.

Bril besteedt er veel aandacht aan, die hij beter aan mij zou kunnen geven, en dat zint me niet. Soms zit hij uren in zo'n boek te staren dat hij voor zich op schoot heeft liggen. Als me dat gaat vervelen, spring ik erbovenop, tot grote ergernis van Bril.

Wat mij wel interesseert is de doos waar de boeken zijn uitgekomen.

Ik vind dozen leuk. Ik spring er graag in.

De leukste dozen zijn de dozen waar ik net in pas. Als ik daar in ga liggen en mijn ogen dichtdoe, kan niemand me zien. Ook als poes heb je daar weleens behoefte aan.

Soms zijn er geen dozen voorhanden als ik behoefte heb aan verborgenheid. Ik ga dan op zoek naar een openstaande kast om me er in een ver hoekje in terug te trekken. Het duurt nooit lang of ik val in slaap.

Dat bracht me laatst nog in moeilijkheden. Ik was weer in slaap gevallen (deze keer in de linnenkast). Er viel wat schemerig licht naar binnen door de halfgeopende deur. Maar toen ik wakker werd was het aardedonker in de kast. Iemand had de deur gesloten en ik kon geen poot voor ogen zien.

Erger was dat ik er niet uit kon, ondanks al mijn gemorrel aan de deur, dat ik na enige tijd staakte toen ik besefte dat er niets anders op zat dan te wachten tot die deur weer openging.

Wonderlijk hoe zo'n in wezen aangename plek, vol van heerlijke, vertrouwde geurtjes, van het ene ogenblik op het andere tot een benauwend hol wordt, een kerker waar je aan ontsnappen wilt.

Ik ben nogal filosofisch aangelegd en raak niet snel in paniek – behalve als ik Rode Harry zie, de Terreur van de Tuinen –, maar nu was ik toch even de kluts kwijt. Daar kwam bij dat ik een dringende druk op de blaas voelde en ik wist dat het me niet in dank zou worden afgenomen als ik een natuurlijk gevolg gaf aan deze druk.

Ik zette het dus op een aanhoudend en klagelijk miauwen. Het duurde gelukkig niet lang of ik hoorde de voetstappen van Rok naderen. Even later was ik bevrijd.

'O, daar was je, stoute Poef,' zei Rok. 'We zochten je overal.'

Bril bleek nog op straat rond te lopen, wanhopig rammelend met mijn kattenbrokkendoos.

Stoute Poef! Ik!

Alsof ik zelf die deur achter me had gesloten!

Maar ja, staartlozen bekennen nooit schuld.

Rok is niet thuis en Bril zit aan zijn werkmachine en heeft duidelijk laten blijken dat hij mij niet in zijn buurt wil hebben.

Met mijn ziel onder mijn poot dwaal ik trap op, trap af door het huis. Ik zou me natuurlijk aan mijn verveling kunnen onttrekken door ergens te gaan liggen slapen, maar ik slaap al zoveel en verlang naar actie.

Smachtend kijk ik de tuin in, waar twee witte vlinders hapklaar rondfladderen. Ik kan er niet bij komen, want de tuindeuren zijn gesloten.

Bovendien zit Rode Harry op de schutting.

Ik durf eigenlijk alleen maar in de tuin in het beschermende gezelschap van een tweebenige, de enige soort waar Harry ontzag voor heeft. Rok heeft laatst een emmer water naar hem gegooid en hij wist niet hoe gauw hij weg moest komen.

Ogenschijnlijk zit de Terreur van de Tuinen zomaar wat te soezen op die schutting, maar ik weet dat hij scherp oplet en vanuit zijn positie alle omliggende tuinen in de gaten houdt.

Plotseling verlaat Rode Harry zijn uitkijkpost en beweegt zich in sluipgang door het struikgewas heen op weg naar iets dat hem niet bevalt.

Nu zie ik ook wat dat is: het is Napoleon, die zich nietsvermoedend buiten heeft gewaagd, voor een wandelingetje in de frisse lucht. Als hij Harry op het laatste moment in het vizier krijgt weet hij niet hoe snel hij weer in zijn huis terug moet keren. Harry kijkt hem grijnzend na.

Ik voel met Napoleon mee, hoewel ik hem eigenlijk niet mag. Hij heeft maar één onderwerp van gesprek en dat is hijzelf. Hij noemt zichzelf 'mijn persoontje'.

Dat klinkt bescheiden, maar in werkelijkheid is het allemaal verwaandheid.

Zijn roepnaam is Nappie, zoals ik al eerder schreef.

De schamelheid daarvan schijnt niet tot hem door te dringen. Als iemand die Poef heet, mag ik daar natuurlijk niet te veel praatjes over hebben.

Rode Harry jaagt nu op de vlinders, maar hij krijgt ze tot mijn voldoening niet te pakken.

Had ik ook maar vleugels.

Op het kleed in de gang ligt al een paar dagen een interessant elastiekje. Tot nu toe had ik het te druk om er aandacht aan te schenken. Dat het er lag, noteerde ik in het voorbijgaan.

Het liefst speel ik met dingen die uit zichzelf bewegen, zoals vliegen, motten en natuurlijk muizen. Maar de muizen zijn allemaal op de loop sinds ik bij Bril en Rok woon. Voor muizen moet ik in Fransenland zijn.

Een tijdje heb ik met een opwindmuis gespeeld die Bril een keer voor me meenam. Dat was een muis die helemaal uit China kwam, zei Bril.

Het zei me niet zoveel.

De muis ging algauw stuk en ik verloor mijn aandacht ervoor.

Ik heb ook nog met een pingpongballetje gespeeld. Bril wierp het over de vloer en ik holde erachteraan. Ik hockeyde het steevast onder een kast en op het laatst had Bril geen zin meer om het onder die kast vandaan te halen.

Ik herinner me een rond, hard balletje, een zogenaamde knikker. Die verdween uit mijn leven toen Rok er een keer over was uitgegleden en pijnlijk ten val kwam.

Ze maakte een hoop stampij.

Gelukkig kreeg Bril de schuld.

Met dode voorwerpen spelen verveelt snel. Ze werken niet mee. Het moet allemaal van jou komen.

Het leukste zou zijn als er een andere poes in huis was om mee te spelen. Maar die is er niet en die komt er ook niet, als het aan Bril en Rok ligt. Eén poes vinden ze meer dan genoeg, zeggen ze.

Aan mij wordt niet gedacht.

Een enkele keer als de tuin veilig is – en dat komt helaas niet vaak voor – speel ik met de Comtesse. Dat duurt nooit erg lang, want ik heb de neiging om me te laten gaan en de Comtesse houdt niet van wilde spelletjes.

Ten slotte houd ik halt bij het elastiekje. Ik beroer het met mijn poot, in de vage hoop dat het tot leven zal komen. Ik werp het omhoog en hap ernaar. Ik ga op mijn rug liggen, houd het vast tussen mijn voorpoten en krab ernaar met mijn achterpoten. Het elastiekje laat willoos met zich sollen, geeft geen weerwerk.

Ik geef het op.

Zelden zo'n dooie diender meegemaakt.

Het is avond en Bril en Rok kijken televisie. Dat doen ze bijna elke avond.

Televisie interesseert me maar matig. Het bestaat uit veel gebeweeg van kleine staartlozen, maar ik kan er niet bij komen, want ze zitten in glas gevangen.

Bovendien ruiken ze naar niets, dus je weet niet wat je aan ze hebt.

Toch zorg ik dat ik in de buurt ben als de bij mij horende tweebenigen de televisie aanzetten.

Televisie aan betekent: spelen.

Tussen Bril en Rok en de televisie in staat een voetenbank met daarop een groot kleed.

Dan vouwt Rok het kleed open. Ik zie het wel maar doe alsof ik niets merk. Achteloos loop ik heen en weer tot het moment is gekomen dat Rok me roept. Dat doet ze met een kort, hoog fluitje.

Ik kom meteen in actie, spring op het voetenbankje en blijf liggen in afwachting van de verdere gebeurtenissen. Rok wikkelt me vervolgens in het kleed en dat laat ik gewillig toe. Geheel ingepakt lig ik in het duister. Ik zet het alvast op een vervaarlijk grommen.

Dan duwt Rok de voorkant van haar schoen tegen mijn snuit aan. Ik verander in een wild roofdier, vergeet even dat ik maar gewoon een huispoes ben, sla mijn klauwen uit naar haar voet en bijt in de punt van haar schoen. Rok roept: 'Au, au' en trekt haar voet snel weg, maar begint telkens weer opnieuw. Ze kan er niet genoeg van krijgen. Ik ook niet.

Ik moet al heel wat schoenen van Rok met mijn nagels beschadigd hebben. Gelukkig heeft ze veel schoenen.

Bril speelt het spel zelden mee. Op zulke momenten is hij, geloof ik, een beetje bang voor me.

Voor mij is het een bevredigend spel. Het roofdier dat in me schuilt krijgt zijn kans.

En datzelfde geldt voor Rok.

Als we het gevoel krijgen dat we genoeg gespeeld hebben, spring ik van het bankje af en vouwt Rok het kleed op. Niets wijst erop dat hier zojuist een strijd op leven en dood is gevoerd.

Gaan we alweer naar Fransenland? Ik denk dat omdat Bril aan komt zetten met de Draagbare

Woning. Ik vind het een hoogst aantrekkelijk idee en ga om het vertrek te bespoedigen vast in de DW zitten, spinnend van voorpret.

Ik heb me vergist, maar als ik dat merk is het al te laat en heeft Bril het deurtje van de DW gesloten.

We gaan naar de dierendokter. Bril zegt dat Rok hem opgedragen heeft mijn nagels te laten knippen. Ik schijn met mijn lange nagels de in huis aanwezige stoelen en banken te zeer te beschadigen.

Zoals ik al vermeldde staat er een krabpaal in huis, maar daar wens ik geen gebruik van te maken. Aan meubilair krabben is lekkerder en schept meer voldoening. Je kunt de resultaten zien van je arbeid.

Over die resultaten ontsteekt Rok vaak in grote woede. Ze probeert me het krabben af te leren, maar wat dat betreft ben ik van een grote koppigheid.

In de wachtkamer van de dierendokter zijn deze keer tot mijn opluchting geen honden aanwezig. Wel een paar soortgenoten, allemaal in hun eigen huisje.

Eén poes is ongelukkig en jammert voortdurend. Ik zou haar wel willen troosten, maar kan niet bij haar komen. Ze steekt smekend haar poot door de tralies van haar DW heen, maar wat kan ik doen? Soms sta je machteloos.

Ze heeft het aan haar buik, zegt de staartloze die haar begeleidt. Ik prijs me gelukkig dat het bij mij alleen maar de nagels zijn.

Ik laat mijn nagels gelaten knippen. Je tegen de dierendokter verzetten is zinloos. Bovendien heeft Bril me in de houdgreep.

Sinds het laatste bezoek ben ik weer aangekomen, stelt de dierendokter vast.

Bril maakt een hulpeloos gebaar en zegt dat hij me écht niet overvoert.

Is het erg om dik te zijn?

Ik voel me er prettig bij en heb er ook geen opmerkingen over gekregen van de andere poezen in de tuin, als ik die zo af en toe ontmoet.

Thuisgekomen probeer ik, als niemand op me let, mijn nieuwe, korte nagels uit op de bank. Het krabt inderdaad een stuk minder plezierig.

En als ik later op de dag bij het woeste spelen met Rok haar hand een haal geef, ontstaat er geen bloedende schram.

Ook in dit geval geen resultaat en dat stelt teleur. Er zit niets anders op dan te wachten tot de nagels weer aangegroeid zijn.

Rode Harry is al sinds een week in geen velden of wegen te bespeuren.

Is hij ziek?

In ieder geval heeft zijn afwezigheid een opleving van het poezenleven in de tuinen tot gevolg.

Uit alle huizen in het blok wagen de poezen zich buiten.

In het begin zijn we nog op onze hoede en gaan we niet te ver van huis, maar allengs worden we minder voorzichtig en vergeten de Terreur van de Tuinen.

Het is een ongekende weelde om zonder op te hoeven letten buiten te kunnen lopen.

Samen met de Comtesse verken ik tal van tuinen die onbekend terrein voor me waren.

Ik maak kennis met Madonna, die ik tot nu toe alleen van op afstand kende. Ze is een schoonheid van Siamese afkomst, altijd vergezeld van Thelonious, een oude aftandse krachtpatser die haar geen moment uit het oog verliest en andere poezen met grote achterdocht gadeslaat, klaar om haar tegen eventuele aanvallen te beschermen. Madonna valt me niet mee. Ze kan dan wel mooi zijn, maar ze heeft een schel, ordinair stemmetje waarmee ze constant om aandacht zeurt. De Comtesse en ik krijgen er geen woord tussen.

Ik heb een biefstukje gestolen uit de keuken van de buurman. Onder het bewind van Rode Harry zou ik die kans waarschijnlijk niet hebben gekregen.

Harry's afwezigheid is ook Bril en Rok opgevallen. Ze zijn blij dat ik me ongestoord in de tuin kan ophouden. Nu loop ik ze niet de hele dag voor de voeten, zeggen ze.

'Misschien is Harry verhuisd,' zegt Bril.

'Of dood,' oppert Rok.

Dat laatste schokt me.

Hond weet dat Harry niet tot mijn geliefdste kattenpersonen hoort, maar dat hij uit het leven verdwijnt wens ik hem niet toe.

Ik denk er maar niet te veel over na. Ik weet trouwens niet hoe ik erover zou moeten nadenken.

Beter is het om met toegeknepen ogen in de zon te liggen, zolang het kan.

Een poes kan raar in elkaar zitten.

Er overkomt me iets dat ik nauwelijks voor mogelijk zou hebben gehouden.

Ik mis Rode Harry! Het kost me moeite dit te bekennen.

Sinds zijn verdwijning is het heerlijk rustig in de tuinen. Niemand voelt zich meer opgejaagd. Ik kan gaan en staan waar ik wil zonder dat ik steeds over mijn schouder moet kijken om te zien of de kust veilig is. Zoals Napoleon laatst zei: 'Het is alsof er een loden last van me is afgevallen.' Ik beaamde het automatisch, maar inwendig had ik het gevoel dat ik het niet helemaal met hem eens was.

Er schort iets.

Als ik heel eerlijk mag zijn: ik mis de spanning die Harry in mijn leven bracht. Kennelijk heb ik die nodig.

Ik merk dat ik op zoek ga naar de geurtjes die hij in de tuinen heeft achtergelaten. Vanochtend waagde ik het zelfs, in de greep van een onbestemd verlangen, om naar binnen te kijken door het keukenraam van zijn woning. Of woont hij er niet meer? In elk geval was er geen leven te bespeuren.

De Comtesse sloeg mijn actie vanaf een veilige afstand enigszins verbaasd gade.

'Ik mis hem,' bekende ik.

'Je lijkt wel gek,' zei de Comtesse. 'Die griezel.'

Rode Harry is terug!

Ik zit nu thuis, was mijn buik en beef nog na.

Vanmiddag, de zon ging onder, lag ik onder de rozenstruik gezellig te babbelen met de Comtesse en Napoleon. Ik was juist aan het vertellen over het woeste spel op de voetenbank met Rok en hoe Bril mij dan de circuspoef noemt, toen Kont en Nappie plotseling overeind schoten en maakten dat ze wegkwamen.

Nog in de greep van mijn verhaal, reageerde ik een fractie van een seconde te laat.

Uit het niets opgedoemd stond Harry voor me

en grijnsde me toe. Ik kon niet meer naar huis rennen, want hij bevond zich tussen het huis en mij in en sloot de terugweg af. Ik zette het op een blazen en grommen om hem me van het lijf te houden, maar hij trok er zich niets van aan en besprong me. Ik had geen verweer. Hij liet me pas gaan toen hij zijn zin had gekregen.

Wat er in die korte tijd precies gebeurde weet ik niet. Echt onaangenaam vond ik het niet, ondanks Harry's bruutheid. Wat ik wel weet is dat wat me overkwam gevolgen zal hebben. Mijn leven zal veranderen.

Zoiets voel je als poes.

Ik denk dat mijn buik de komende tijd steeds dikker zal worden.

Mijn probleem is: hoe vertel ik het aan Bril en Rok?

Nu ja, ze merken het wel als het zover is.